연꽃처럼 살고 지고

연꽃처럼 살고 지고

발행일	2021년 1월 26일		
지은이	혜강	그림	서미경
펴낸이	손형국		
펴낸곳	(주)북랩		
편집인	선일영	편집	정두철, 윤성아, 배진용, 김현아, 이예지
디자인	이현수, 한수희, 김민하, 김윤주, 허지혜	제작	박기성, 황동현, 구성우, 권태련
마케팅	김회란, 박진관		
출판등록	2004. 12. 1(제2012-000051호)		
주소	서울특별시 금천구 가산디지털 1로 168, 우림라이온스밸리 B동 B113~114호, C동 B101호		
홈페이지	www.book.co.kr		
전화번호	(02)2026-5777	팩스	(02)2026-5747

ISBN   979-11-6539-558-2 03810 (종이책)   979-11-6539-559-9 05810 (전자책)

(주)북랩 성공출판의 파트너

북랩 홈페이지와 패밀리 사이트에서 다양한 출판 솔루션을 만나 보세요!

홈페이지 book.co.kr   •   **블로그** blog.naver.com/essaybook   •   **출판문의** book@book.co.kr

연꽃처럼 살고지고

그림 문천 서미경 · 시 혜강스님

북랩 book Lab

발간사

문천 서미경 여사는 올해 초 수많은 인연을 뒤로한 채 홀연히 우리의 곁을 떠나갔다. 재능 있는 한 작가로서 마음껏 예술혼을 펼쳐 보이지도 못하고… 안타깝고 애통하기가 그지없다.

문천 여사는 자신에게는 철저했고 주변 사람들께는 한없이 인정 많고 따뜻한 사람이었다. 예술에 임하는 자세는 진지했으며 항상 열과 성을 다하는 노력파이기도 했다. 화력 10년을 지나며 운필과 맑은 먹색은 서화계에 주목을 받기에 부족함이 없었지만….

오호! 슬프도다! 병마가 문천 여사의 붓질을 이렇게도 빨리 멈추게 할 줄이야! 하지만 인생은 짧고 예술은 길다고 하지 않았던가!

비록 문천 여사는 떠났지만 생전 혼신을 다하여 제작한

40여 점의 주옥같은 작품들은 남아 그의 치열했던 예술
혼과 작품에 대한 열정을 증거하고 있으니.
특히 그의 대나무 그림에서는 맑은 바람과 서걱거리는 소
리가 들리는 듯하여 보는 이로 하여금 깊은 사색에 젖어
들게 한다.

끝으로 문천 여사의 화문집 발간을 위하여 귀한 시를 기
꺼이 주신 혜강 스님께 감사드리며 부인에 대한 끝없는 사
랑과 추모의 정을 모아 책을 발간한 이상국 사장에게도
이 지면을 빌어 경의를 표합니다.

경자년 가을 문턱
송정일우 김시형 합장

발간사

꽃보다 아름답고 수정처럼 맑고 고운 당신께

끝까지 지켜주지 못해 정말 미안해.
지금 당신을 억수로 보고 싶은데,
어떻게 만날 수는 없는 걸까?
함께했던 33년의 세월 속에 사랑도 많이 했고,
고생도 많이 했지, 이제 다 내려놓고 우리 둘만
행복하게 지내면 되는데 왜 이렇게 일찍 떠나는 거야
여보.
매일매일 보고 싶고 그립지만 참고 있단다.
꼭 다시 올 것 같아서….
당신께 마지막으로 해주고 싶은 것이 있다면
당신이 살아생전 열심히 작품 활동을 했던
작품을 지인들에게 보여주고 드리고 싶어서
혜강 스님의 시와 당신의 작품을 한데 묶었어.
학천 김시형 선생님의 휘호와 글도 받았고
이렇게 시화집을 출간하기로 했단다.

혜강 스님과 학천 김시형 선생님께
감사드립니다.

당신께 사랑하는 마음으로 바칩니다.

2020년 여름날
사랑하는 당신의 남편 이상국

목차

서원화(문천의 伯男) 사진작품

연꽃처럼 살고 지고

연꽃처럼 살고 지고 1

푸른 피를 수혈하면
청련이 필까

중생계에 피는 홍련 말고
극락세계 청련

붉은 피
업
인
나
말
고

푸른 꿈
푸른
당신

연꽃 같은 마음으로 살고싶으어서

문화서미경

연꽃처럼 살고 지고 2

연꽃은 형벌로 자란다
중생고뇌의 뻘밭에서 큰다

지순한 허기로 짓는
얽히고설킨 업보의 헌공이다

무간지옥으로 가자
가서
껍데기를 벗자
지옥불 속에서
다 불타자

마침내 청련 한 송이로 순결하게 되어나

알몸뚱이로 다시
서는 거다

연꽃처럼 살고 지고 3

빨강색
주황색
노랑색
초록색
파랑색
남색
보라색
이렇게 칠해봐

무지개는 어디서 왔을까
하얀 세상에 펼쳐지는 일곱의 한 꿈

색깔 하나의 하늘
색깔 하나의 땅
색깔 하나의 햇살

내 세상 아닌 세상
이라고 해도

진언을 바친다
숨결대로 내 꿈이 되어다오

交幹拂雲

交泉

연꽃처럼 살고 지고 4

바로 말씀드리겠습니다
이젠 만나자고
거기서
여기서
멈칫거리고만 있을 때가 아닙니다

우리 이젠 만나야 합니다
더는 울어선 안 되겠습니다

말장난에 속아서
속이는 줄도
속는 줄도
모르고서

허깨비를 좇지는 않았는지요
처음 그 순간
온전하게 반한 그때에
벌써 내 영혼 당신이었던 것을

나 이제라도
다 그만두고
당신한테 가겠습니다
우리 만나야 합니다
무조건하고 만나야 합니다

내가 당신을
당신이 나를
무엇이 되어서라야만
만날 수가 있는 것이라고
애당초 그 생각을 하는 게 아니었습니다

당신에게로 가서
내가
진흙이 될 터이니
당신
내게로 와서
연꽃으로 피어나십시오

연꽃처럼 살고 지고 5

사이사이

생 없이 멸 없이
멸 없이 생 없이

생하기만 하고
멸 없는 생이기만 하고

내 손바닥 세상

꽃이고
나비이고

明月直入清風徐来

文泉徐美敬

연꽃처럼 살고 지고 6

한 칸 눈금 온도
그것에서 피어나는 것들
한 칸 꿈
별수 없이 껴안는 생애

군상
행렬 일색

붙잡으려고 애쓸 것 없어
벗어나고자 안달할 것 없어

포말일 뿐

숨 한번 들이쉬는 것
숨 한번 내쉬는 것
그것이어니

맛과 향이 어우러진 또 한 번의 만남이여

운천

연꽃처럼 살고 지고 7

일깨운다
가르친다
죽비 들고 허튼짓

껍데기다

아픈 이름자 중생을 몰라서
불보살만 찾았다
저어기
춥고 시린 내 숨결

진흙더미에서
아직도 머뭇거린다

내일은 얼마나 아득할까
오늘 못 피우는
한 송이 연꽃

연꽃처럼 살고 지고 8

비밀번호 따윈 없다

없는 비밀번호를
비밀스럽게 찾는다

앉아도
서도

헛짓

맹한 동그라미다

清風來故人

文泉徐美敬

연꽃처럼 살고 지고 9

체를 친다

빠져도 아니다
받쳐도 아니다

무엇일까

어떻게 해야 할까

무엇이
걸렸을까

진흙의 연꽃겁

연꽃처럼 살고지고 10

허기진다

행
주
좌
와
어
묵
동
정

배고프다

염주알 하나의 윤회질
꼭 연꽃이어야겠더냐
진흙으로의 생애를 멈추고 싶다

꽃이될수있다면 열꽃이되고싶어서

문환

연꽃처럼 살고 지고 11

씨알머리 없다

헛것을 보고서
헛것을 둘러메고서
절망 채웠다고

휘적휘적
허둥걸음이다

허수아비 춤
추는
더엉신

중생 모르고서 중생 들먹이고
부처 모르고서 부처 찾는다

연꽃처럼 살고 지고 12

한 방울의 이슬과
풀벌레의 속삭임까지도

언제부터였을까
그 수평선 다른 빛깔의 선
저 지평선 다른 시선의 점

갉는다
섬뜩한 오류

지극한 정진이었다고

뻔뻔하게… 가증스러운

연꽃처럼 살고 지고 13

어디로 갔을까
다 어디 있을까

내가 뱉어낸 숨 하나
내게서 떠난 생각 하나

숲에서 머물까
파도치고 있을까

그 찰나 찰나
머무는 바 없는
피곤한 여정을 어디서 쉴까

변환의
어느 문고리를 붙잡고
어디서 무엇으로 생멸하는지
간단없이 나고 지는
그 어느 틈새에다가 나이테를 만들었관데
업보라고 던져놓고 가
가슴에 쌓이는 대로
몽환 톡톡 터져

百尺千竿太華陰 文泉

연꽃처럼 살고 지고 14

빛이었을까
어둠이었을까

제목 없는 꿈 하나

내 마음 안에 사물을 두는 것이 아니라
사물로 해서 마음을 바꾸어야 하는
이런 날 오늘
같잖다
중생의 씨알머리 허접해

그리움이 별것이던가만
사랑이 무슨 소용이던가만

이슬에 젖은 알맹이가 향기를 머금고 문천

연꽃처럼 살고지고 15

들면
다 되는 것을

처음도
끝도

짓이라고는

어긋난 나사의 겉도는 집착

반복되는 마침표

쉼표라면 어땠을까

중생의 사랑이 부처보다 더 클 수도 있을까
별짓을 다 해도
한 아름 가득 다 안아버리는

색
공
이
따로 없는

중생의 사랑

清風在竹林
文泉

연꽃처럼 살고 지고 16

당신의 말씀이면 내가
내 말이라면 당신이
다 들어 주어요

찰나인들
누겁인들
다 따르는 한 길의 생애

손 하나와
손 또 하나의
합장

온 세상
온 중생의
가지가지의 세세한 뜻까지
다 받들어서라사

둘 　　　당신
아닌
하나 　　여여한 행상
로

드는

연꽃처럼 살고 지고 17

더러더러 보자 그래야 한다
그래 그러자
비 오는 날도
눈 내리는 날도
아니 어떤 날이라도
무시로
수시로
천지에 피어나 그리움으로만 깃들자

다 잘못이었어도
한평생 흔들림뿐이었어도

어쩌랴
사랑이었느니

저 세상의 율법으로만
이 세상의 셈법으로만
따져서
가르마를 탈 일이
아니었다

다 내 진언이었거니

연꽃처럼 살고 지고 18

낯설다
앞길도
뒷길도

모르는 길을
아는 체 걸었느냐
이 길이
길이긴 한 것일까

어딘가에서 당신의 손을 놓친 것 같은데
당신을 잃은 것 같은데
당신이 곁에 없는 것도
몰랐다

빈 껍데기

가슴을 사금파리로 그어대면

길
보일까 당신의
길

내가 홀로 떨어
당신한테 못 돌아갈까 봐서

그리움의수를놓던

푸른사랑이여 문전서미경

연꽃처럼 살고지고 19

바람 한가닥이다
손금 생애

천지사방으로
혈맥을 뻗는다

모였다가 흐트러졌다가
차고 이지러지며
소리로
모양으로
구르고 뒹군다

점 하나로
울어서
당신께 닿고 싶었다
그 하염없음으로
당신 가슴에 들고 싶었다

오롯이
스며 깃들어서

그대에게만 피고 지는
지고지순

연꽃처럼 살고 지고 20

청련 피는 땅에 들어
청련을 몰라서
홍련만 피운다

당신께
청련 한 송이 헌공이고자 했거니
진흙이 못 되는고녀

당신 말고는
의미 없는 생명일 뿐

생각생각 틈새 없는 몸짓이사
당신에게로 나고 지는 것을

그
나고 짐으로만
끝없는 날을 살자고 해놓고서

업식 보따리나 둘러메고서

길 밖에서 맴돈다

綠竹動清風
乙未夏文泉

연꽃처럼 살고 지고 21

허공에다 거미줄을 친다

가식은 다 붙어라
기웃대는 너, 너, 너

색만 부르짖다가
색에 빠져서
한 줄기 바람도 못 되는 것들

체온이 없다

맑은 피가 없는 꽃
은
중생 아니다

연꽃처럼 살고 지고 22

고뇌의 열락이다

끝없는 날의
선택

소매 훔쳐가면서
그 붉은 울음
사리 인자로
삭힌
목숨
을
사리보다도 더 저민

진흙의
법열로
연꽃은 핀다

서원화(문천의 伯男) 사진작품

음식이 운명

음식이 운명 1

생존은 음식이다
물 한 모금 밥 한 술이다
누누하다 몸뚱이
어떤 향수로 값비싸게 치장을 해도
달고 시고 맵고 짜고 써
맛대로 흐드러진다
음식을 닮는다

음식이 운명 2

밥상이다 업장
병이 되고 약이 되고
많게 적게 음식 따라 소복소복 쌓인다

맛들인 맛
길들인 맛
맛의 줄기 몸뚱이
음식대로 달라지는 몸뚱이
몸뚱이는 음식의 행상
음식 하나의 고리다

清節凌秋文泉

徐美敬

음식이 운명 3

보살은 마음대로 고락을 만들고
오가는 것 생각대로 다 되지만
아무리 에헴엣헴 해 봤자
중생은
음식 하나로 좌지우지되는 몸뚱이

먹는 대로 때깔 나고
훈습으로 절어
음식의 온기다
몸뚱이 길

劲節

文泉

음식이 운명 4

생체의 순환

음식 없이 연명도 없다

온갖 정성을 들여서
열심히 맛을 찾는다

살기 위해서 먹고
먹기 위해서 산다

绿竹动清风

乙未夏文泉

음식이 운명 5

평생을 물만 마시고 산 사람
평생을 풀만 먹고 산 사람
평생을 사탕만 먹고 산 사람

물이 되었을까
풀이 되었을까
사탕이 되었을까

물 쪼금
풀 쪼금
사탕 쪼금

모이고 흩어지면서
들고 나면서
오고 가면서

마음일까
정일까
기운일까

들에 수선화가 피어 놓고 그래서 온 바람이로 번지던
나도 노랗게 물들겠네 무척 그리움

2018. 9. 1.

음식이 운명 6

생각대로
숨길대로
손길대로

먹이사슬의 길

혹은 더하고 혹은 빼고 혹은 나누고 곱하고

무엇을 먹어
언제 먹어
어떻게 먹어
음식의 아우라 몸뚱이

진실 혹은 거짓
선 악
욕망 원력

인과로 생멸로

清風来故人 文泉

음식이 운명 7

찰나니
영겁이니
무상도 말할 것 없어

음식의 사랑 몸뚱이

무엇이 될까
무엇을 먹을까

맛있는 사랑
멋있는 사랑
평생토록 올올한 간절한 사랑

먹는 대로 간다
먹는 대로 된다

음식이다
내 중생
내 부처

清風來故人 文泉

서원화(문천의 伯男) 사진작품

혼
적

흔적 1

편지를 쓴다
당신에게로

오오래 품어만 온
묻어둔 사진 한 장
출가 그 첫 마음을
빛 다 바래버린
어린 날의 초상

무엇을 해도 다 됐을 법한 그때에
난
무엇이었을까

이순을 훌쩍 저리 보내놓고는
꿈도
청춘도
이제 와
지팡이 하나 짚었고녀

누굴가 를 위해 꽃등을 밝히고싶은 마음 문전서마갱

흔적 2

후주레한 낮비가
비틀거린다

몸 못 가누는 저 흔들림

딱히
설 곳을 몰라
낮비가 서럽다

무엇을 품자고
땅 없는 하늘로 올랐던가

귀의의 땅을 못 찾아
허공만 누빈 한 생애

비 맞자 오늘은
비틀거리는 걸음걸음 내 온몸으로 적시자
아직 덜 깬
선꿈이 너덜너덜한
낮비의 귀환을

一枝春信　文泉

흔적 3

생강꽃 노랗다 가슴 시리다

덕지덕지 땟국물길
도대체가 끝날 길 없는 도로
아무리 휘적거려도 기미는 없고
도롱태가 선 하나 타고 있다

어디를 갈까
어떤 색을 기웃거릴까 어느 하릴없는 잡담 속으로
달관한 가슴을 찾는다 한들
내 가슴 아니다
내 눈에 아픈 것들
내게 닿여 몸살 나는 것들

들자리 모르겠다
가뭇없다 산도 들도 시정도
도대체가
깰 필요가 없는 햇살의 밤을
속으로 내어 줄
서러운 이가 없다 그 눈물 한 방울

그리움으로 받쳐 드는 꽃
꽃 아니어도 좋다
땅 뒤집히지 않는 봄은
어디에 있는가

제발
어둡자 지금은
미혹의 싹으로 봄을
운다 내가

흔적 4

곯아빠진 늙은 호박탱이

성성한 줄 여겼다
어여한 내 세상이라고

꿈 못 깬 청춘이
허물지 못한 벽 앞에서 서럽다

걸망도 못 챙긴 채 어둔 길이다
살림 하나 챙기지 못했다

어디서 흘렸을까
어디서 혼을 뺐을까

그렇다 하드래도
무명업식이라고 하지 말아다오
내 붉은 헤매임

가피 없이 멍울만 지는
변방의 밭때기에서

나동그라지다가 비틀거리다가

百尺千竿太華陰　文泉

흔적 5

나의 생은
지구에 흩어진 낱알 하나의 조우
어쩌다가

어김없이 시간은 가고 저리로 가버리고

하릴없이 푸르른 꿈에서 진다
턱없는 몸짓이었다
떨그럭대고 바스락거리고 깨지고

꿈 없는 길을 걸어 보았는가

빛 사라진 땅에
나동그라져서
가망 없는 허우적임뿐

붙들려서 심장을 바칠
거미줄의
전율도 없는

흔적 6

보고 싶은 것만 보았다
내 맘대로만 여겼다
당신을
아지랑이여서
사무치는 그 꼭짓점에 서기만 하면
반드시 당신을 만나게 되어 있다고
그러니
좀 이따가 만나드래도
그러면
더 애틋하지 않겠냐고

젊은 날의 초상을 붙들고서 내가 뒤늦게 당신을 운다

이순을 넘기고 나서야 당신이 아프다
눈물 한 방울이 맵다
한 져서 검게 바튼다 덩이덩이 탄다

너무 늦었는갑다
이젠 당신이 이 세상에 머물고 있는지도
하매 날 잊어버렸는지도
아니 이 세상에서 진즉 떠나버린 것인지도
모르겠다
갈구하는 길을 왜 걷게 했을까
서 있기만 했던들
잠시 앉아있기만 했던들

다른 것 필요 없이
그리움 하나면 다 되는 것인 줄 알았다

당신
나
아무 때고

흔적 7

멈춰야 할
때를
놓쳐버렸을까
어디서 무엇을 못 보았을까

한 걸음은 더 떼어놓아야 하는데
길이 사라져버렸다

너덜너덜
부끄럽다

지는
보리수 한 이파리의 공덕도 없고녀

길 아닌 길 없거늘
가면 길이던 것을

마음이 멀었는가
눈이 멀었는가

빛과 향이 어우러진 또 한번의 만남이여

문자

흔적 8

땅거미 진다
허여멀건 생애
이젠 저물자 저물어버리자

노을은 없다
눈 못 뜬 생애

궁상맞게 다리 뻗고 울 일도
괜히 지축 울린다고 주장자 칠 일도

그만하자
그만하자고

흔적 9

내가 이따금
아무 나뭇잎이나 어떤 푸새에서
살랑이거나 흔들리는 것

가만히 있으면
잊힐까 봐

멈추면 당신 잊고 말 것 같아

그래서
그냥 그래 보는 거야

인고의 세월을 그리움으로 보내는 너

문현 서미경

흔적 10

사는 것이
슬픈 유행가야

한평생을
당신 찾아 헤맸는데

당신은
기척도 없고

그런데
눈 침침해지고
허리까지 꺾여

그래서
당신을 햇살이라고 부르기로 했어

눈 뜨면
날마다 세상은 햇살이니까

당신이
내게로 오니까

당신을 햇살이라고 할래

햇살이야 당신은
내게서

흔적 11

아니었다
다 아니었다

당신을 껴안지도 못했고
용기가 없어서 물러나기만 했고
때론 고달파서 눈물도 찔끔거렸지

길을 몰랐다고
세상을 몰랐다고

서원이 무엇인지
기도가 무엇인지
수행이 정진이
무턱대고 길 나섰다고 변명만 한가득이었지

산 아래 길로는
차마
내려갈 수도 없어서

생각에 결계 치고
몸뚱이에 진언 붙이고

무엇이었을까

핑계 댄
한평생의 노고가

흔적 12

숨 하나 오감하다

들이쉬고
내쉴
뿐

왜 보았을까 꽃이라고

선혈

소스라치다
구천을 돌다

사금파리 영혼

虛心勁節

文泉

흔적 13

날 바다에다 내쳐다오

세상에서 다 밀려드는
온갖 잡세포에다가
비비고 엉겨 찌르고 도려내며
벌컥벌컥 짠물이 되자

거품을 물고
파도치다가
밑으로 밑으로 지자

이제부터는 속으로 우는 단 하나의 법을
익혀야 한다

그것만이
살길

숨 토해내고 어찌어찌 살아낸다면
미혹을 깨고
병아리처럼 톡톡 나올 수 있다 하면

더럽지 말자
결코 썩지 말자

흔들리지 말자
물들지 않는
존재

순결한 태초
따뜻한 위로가 되어
다시 서고 싶다

흔적 14

행복한 당신의 세상
서쪽으로 열려 있는 십만억의 나라를
그것도 불국토를
하나씩 다 밟고 겁을 채우고서야
비로소 가 닿아
입적할 수가 있는

그리하여

마음대로
생각대로
모든 것이 뜻대로 다 이루어지는
평안의 뜨락

사립문 열면
보리수 아래
푸른 연꽃

속절없는 서원이던가
붉은 눈물 한 방울의 길

어디쯤일까 천길만길
어디쯤 서 있는 것일까

黄花細雨中文泉

흔적 15

그래도
내 절절한 공양이다

동으로도
서으로도

황망한 벽 벽

틈새에 끼어서
본 것도 없이
안 것도 없이

덜된 음표라 하겠지만

내 속에서만 낳은
내 속으로만 키운
내 혀끝에서는 다디단 헌공

울고불고 부둥켜안고 싸매고 비틀고 뜯고 허물고 엎고
꼴값 육갑 칠갑 지랄염병 바리바리
수미산

중심 흔들리지 말자
지축 기운 우물이라 하지 말라

별 뜬 적 없는
절개를
벽에다 바친다 잘 살아라

다른 누구도 다른 무엇도 다 필요 없다
이젠 제대로 갈런다
가슴으로 갈런다

흔적 16

내 맘 안에 세상을 넣어 두었는데
그 안에
내가 없다

봄에 싹 트지 못하는 싹
을
무어라고 이름 불러야 할까

내 색이 없인
봄이 될 수가 없다
다
밖이다

그 어디에도 없는

당신을
종일 서러워한다

봄이
서럽다

百尺千竿太華陰 文泉徐美敎

흔적 17

선 하나에 걸려서
옴짝달싹 못 한다

당신은 선 안에 있고
난 선 바깥에 나와 있다

승도
속도
한 바늘인 것을

흔적 18

초승도
보름도
앉다가
서다가
노랗다 하얗다 온기 없는 숨결

인간도
납자도
연홍다홍 진 몸뚱이

줄줄이
박 되자 했던가
호박 되자 했던가

풀어도
다시 매도

그 한 알 염주 한 알 못 꿴 한 알

가망 없는
무엇을 구했던가

날 보는 달아
날 보는 별아
어스름 총총총

흔적 19

딱 그 가지 그 잎만 만나고 가는 바람이 있다
꼭 그 바람만 맞이하는 그 가지 그 나뭇잎
마악 눈 뜨는 새벽 아침에
그 순간
흐르는 듯 멈춘 듯한
숨결의
그 흔들림

속삭임은 눈을 감는가 눈을 뜨는가
존재
오직 나뭇가지의 그 잎새 그 바람만 살아서 숨 쉰다
세상은 멈춰 있고

몸뚱이가 없어야 한다
가슴 에이는 몸짓

눈물 하나 그걸 내가 떨구었어 괜히
그랬어 밤하늘의 별을 보는 것이 아
니었어 그냥 잘 것을 그랬어 밤하늘
의 별이 내 하늘에서만 빛난다고 누
가 그랬을까 오직 나만의 별이라고
속삭였을까 맥지

이슬에 젖은 알맹이가 향기로 익어가고 문헌

흔적 20

가늠이 되지가 않는다 내 나이가
지금도 꽃 핀다고 설레고
아직도 꽃 진다고 쓸쓸해진다

맥지 묵은 사진 몇 장 꺼내 보다가
문득 거울을 보니
거기 눈썹 센 웬 노옹이로고

나이는 어디로 묵든가
철들면 된다던 한 해 또 한 해를
어떻게 묵었을까만
별소리 다 해도
몸뚱이었구나

봐서야 알던 것 안 봐도 알고
들어서야 알던 것 안 들어도 알고
바람이 부는지 나뭇잎이 흔들리는지

보내는 것도
떠나가는 거도
이제는
이렇게 묵어야겠다

映日文泉

흔적 21

무지개에서
색깔을 다 떼어내 버리면
남는 것은 무얼까 남는 것의 절망
그것도 무지개라고 할 수가 있을까

때론 비를 기다리고
또 어떨 땐 날이 개어버렸으면

떠나갈 일 하나로
머물러 쉴 일 하나로
석양을 볼 여유도 없이

저문다 그렇게

흔적 22

산빛
물빛
에
머물고서도
중생이라는 형틀
겨우겨우 주워 챙긴 누더기 생애

바릿대에 무엇을 담았을까
낮 하나 못 잡았지
밤 하나 못 챙겼지

휴면에 들고 싶어 그래
다 놓고서
그리움도 안타까움도 절망은 더더욱

눈을 떠야 해
이젠 변명 같은 것 늘어놓지 말자
부처도 버려
중생도 버려

까짓

내게 드는
한 움큼의 햇살이 소중한 거야

弄珠
文象

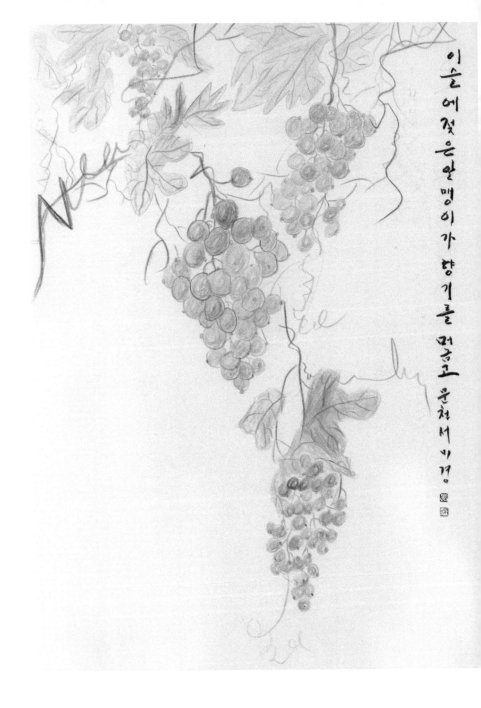

이슬에 젖은 알맹이가 향기를 머금고 윤천서 비경

운천 서미경

문천 서미경

운천
서미경

슬플 때나 즐거울 때나 한결같고 겨울에도 여름처럼 푸르고 푸르구나

문정서미경 🔳

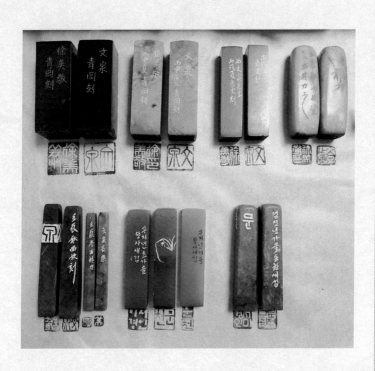

문천 서미경 가성심보살

대한민국서예대전 5회 입선
대구광역시 서예대전 초대작가
경상북도 서예대전 초대작가
포항 불빛축제미술대전 우수상
특선 다수

문인화 사사
학천 김시형

후기

신작 시화집『연꽃처럼 살고 지고』를 냅니다.
문천 서미경 가성심보살 생전의 입선작과 병상에서 남긴 스
케치북의 그림을 우납의 시와 함께 묶었습니다.

학천 김시형 님의 지도편달과 부군 이상국 거사의 더할 나위
없는 사랑의 힘이 이 일을 가능케 했습니다.

이곳 첩첩한 산중에 길을 물어서 손님처럼 찾아왔다 가는
이후로는 내내 정 도타운 누이가 되어 머물렀다 가곤 하던
내외였지요.
외풍이 세다며 커튼을 기어이 쳐주는가 하면 이것저것 마음
써 살피고 염려해 주는 기색이 역력한 모양새가 천생 그랬습
니다.
국전 초대작가가 되면 스님 시에다 그림을 그려 드려야지요.
그때 가서는 스님이 원하는 강가에다 참하게 집 한 채 토굴
을 장만해 드리고 그 집에다가 방 한 칸 얻어서 제 화실 꾸
미고 노스님은 제가 모셔야지요.
배시시 웃더군요.
연꽃처럼 살고 싶어하던 참 맑고 곱고 이쁜 성정이었습니다.

그의 아픔을 못 챙겼습니다.
차 한잔 밥 한끼는커녕 그 아픈 길에 따뜻하게 손 한번 못
잡아주었네요….

향기로운 사람이라 맑고 고운 기운만으론 이 세상이 혹 벅찼
을런지
고통 없는 세상 극락 그곳에서는 다시는 아프지 말고 부처님
가피만 가득 누리시길요.

연꽃처럼 살고 지고
문천 서미경 가성심보살 당신 생전의 그 간절한 원을 기립니다.